單單一蕊打碗花

陳美燕 著

我讀美燕个客語詩

　　我熟事美燕係在新竹市个竹塹社區大學，佢來選讀我開講个有關客家文化个課程。美燕本身還保留盡多客家傳統婦女个習慣，聽𠊎講新竹腔个海陸客語全無問題。佢在東吳大學日文系畢業，有去過日本進修，轉到新竹以後一直在科學園區个半導體公司服務。

　　美燕有客家俗諺、童謠个背景加上日文俳句个啟發，再過借助現代詩个節奏，美燕就將家庭生活、童年回憶、社會觀察結合起來，用佢熟絡个客話寫出盡多樣面向个客語現代詩。

　　裡本詩集，作者自家將作品分做五大面向總共有66首，係最近兩、三年來个創作。

　　我在大學長期講授文學理論、台灣文學史，對美燕裡本詩集有盡大个信心，定著會得著客家文學界以及客語教學界个阿老。

范文芳　2022年4月

羅烈師序

　　三年如一刻，美燕創作不輟，又出版了新的詩集。有幸搶先讀到，五輯分別是感時、女情、日常、詠花與童趣，帶著笑意，一口氣讀完原稿。

　　語言仍是美燕所最最掛心者，〈母語接線〉：

　　　　妹仔大咧嫁人
　　　　像紙鷂仔跈風飛出去
　　　　孫仔出世
　　　　接等兩頭个線

　　　　阿婆渡孫
　　　　摎佢兜講母語
　　　　下二擺　　母語
　　　　接等祖孫兩頭个線

　　美燕與孫子們的「客語家庭」趣事，已在臉書與youtube上被津津樂道，而且母語不僅成為祖孫之間的接線，也使得年輕的爸媽也撿回了母語。這本「有聲詩集」除了沿續先前「客家女聲」的朗頌風格外，更富趣味的是

童言童語的天真，就像〈細龜仔〉：

> 細龜仔慢慢爬
> 爬到外背尋麼儕
> 媽媽喊佢轉屋下
> 佢講愛去摘蕊花

聽著這首詩，想像著祖孫幾人在客廳，就彷彿親眼看到大家捧著繪本的天倫樂境；而美燕的詩作流露最多的就是這類女性為人母（祖母）、人妻與人子的情感。〈粄嫲〉用做粄過程中，將燙熟而柔韌的粄嫲譬喻為母親，子女像分散的粄脆，藉由粄嫲，才能搓揉在一起：

> 阿姆係粄嫲
> 在滾水裡背燙熟
> 摎浪浪散个粄脆
> 黏摰

身為有點年紀的讀者，對於時光匆匆頗為同感，〈踢銅笐〉用童年遊戲，寫往事難尋與故人不在的無奈與恐慌：

> 細細時節个事情
> 裝在銅笐肚
> 分時間一腳踢到遠遠

等佢拈倒轉來

大家毋知圇哪去

最後，整本詩集係「新詩」體裁，但第四輯選錄了7首俳句，顯得特殊。客家俳句源自17音節之日文俳句，推廣者不少，大部份採577三行19字。美燕除577格律外，也用了575的格律，而我自己也偏好575，總覺得再少兩個字，更能焗出「句已停，意方興」的不盡餘韻。〈無記才〉「多歲無奈何／市場堵著麼个嫂／硬硬想毋著」，寫來幽默傳神；而〈日落西山背〉最有俳句特有的詠歎情味：

日落西山背

等晝等暗人毋來

半夜黃狗吠

描寫漫長的等待與半夜心驚，只是渾不知被狗吠的是歸人還是過客。留念中年，不知老之將至，讀美燕詩，略次其韻為俳句，以為序：

春寒漸知歲

夜半有力企門背

咄佢攣被蓋

阿師　壬寅清明

客語詩个新詩路

　　陳美燕係客家優秀女詩人，在客家詩人裡肚，佢做得運用客語精準直接思考書寫，故所佢个詩作，含蘊客語原汁原味个淰淰味緒，過分人欣賞个係，佢有開濶客語詩思路，表現出創新个詩質。

　　這本詩集《單單一蕊打碗花》，分輯一到輯五共66首詩。

　　輯一「起一隻音」：曉講母語个人，乜愛起一隻音，分後輩人跈等講，母語正有傳承。〈母語接線〉：阿婆渡孫挷佢兜講母語，下二擺母語接等祖孫兩頭个線。〈𠊎个筆〉：多歲咧𠊎个筆倒轉來寫客話，天經地義無人做得限制這係母親个話語。對母語有盡深个感想同期望。分人恁想老古人言，寧賣祖宗田，莫忘祖宗言个精神。

　　輯二「無頭無尾」，寫出女性幽微个心事，〈無頭無尾〉一詩對應客家女性品德个「四頭四尾」：針頭線尾、灶頭鑊尾、田頭園尾、家頭教尾。作者用趣妙筆法：「你會擎針無，𠊎會安鈕仔。你曉煮食無，𠊎老公煮較多。你識改園無，𠊎擎鑊頭毋贏。你知三從四德無，𠊎毋多知。阿姆哀，人儕餔娘人四頭四尾，你嘎無頭無尾。」輕鬆表現從頭擺到今下時代女性个變化，分人感著會心一笑。還

有〈大姊行嫁該日〉這首既經由羅思容改編為歌曲个〈你行嫁該日〉，寫出女性出嫁个心情：「故鄉該條河壩滋養𠊎俚到大，你行嫁該日河壩當恬靜，聽毋著水个聲音，就像你坐在間肚，也聽毋著你噭出聲。」用恬靜河壩來鏡射，分人看著作者詩想个特出，讀來像河水恬恬流動在心肝肚。

輯三「石跳仔」，〈石跳仔〉這首詩係第七屆教育部閩客語文學獎，客語現代詩社會組首獎。石跳仔，就係鋪在淺水或泥地項，分人踩踏行進个石頭。這首詩取材新穎，見人所未見，用擬人化表達，寫出盡完整石跳仔各種面向，詩个表現手法，就像作者親身流掉行過石跳仔共樣。第一段寫山坑面个石跳仔：一隻連一隻，像阿公阿婆彎彎个背囊，痀在水竇，老人家無講出嘴个痛惜，在這向輕輕吩咐，定定仔，細義行，堅耐个石砧，分我細步細步徙到，平安个對向。第二段寫水圳面个石跳仔：一隻連一隻，像爺娘打開燒暖个胸脯，坐在水竇，子女無注意个毋盼得，在這向恬恬期待，腳步正，莫停跎，定疊个基石，分我一步一步行到，順序个對向。第三段寫河壩面个石跳仔：一隻連一隻，像先生弓等砸磴个肩頭，踮在水竇，學生體會毋著个心力，在這向再三叮嚀，心肝在，向前行，穩當个磐石，分我大步大步行到，理想个對向。最裡尾結論：無生溜苔个石跳仔，分𠊎俚跮核核，安全通過逐條，人生無共樣个坑壩，無求回報个石跳仔，也歡喜𠊎俚，再過踏轉，出發个對向。……表現手法純熟，詩心獨運，詩

意前後延綿呼應，分讀者感受心肝頭燒燒暖暖，這內涵乜做得引申世間人都係石跳仔，愛互相牽成。

輯四「單單一蕊打碗花──花撈俳句」，十四首詩，寫花撈俳句各七首。〈單單一蕊打碗花〉（這首詩改編為同名歌曲，由陳鴻全作曲、演唱，得著2021年新竹縣客家新曲獎第二名，同時得著「最佳作詞獎」）客語詩撈歌曲合作，對客語詩个流傳，乜係盡好个想法，這首好詩共樣提昇客家歌曲水準。另外七首客語俳句，係實驗性作品：

〈日落西山背〉（客俳5-7-5）
日落西山背
等晝等暗人毋來
半夜黃狗吠

〈月夜〉（客俳5-7-7）
汶汶个月光
蟲蝈牽聲放勢唱
水蛇泅過田中央

（讀來盡有日本俳句味緒）。

輯五「貓頭鳥──童詩撈孫」十六首詩，裡肚作者阿婆同孫女共下搞寮寫个詩，係這本詩集最生趣个詩，在面書發表時節，盡受到面友歡喜。像〈孫女三個半月〉：阿婆摘著，嘴扁扁緊嚍，仰會恁樣呢，阿婆又無偷捏你。

又〈惜惜阿婆〉：過兩日問佢，仰般惜惜阿婆，佢手擎起來，將倕个面抨落去。年輕讀者讀來會哈哈大笑，上年紀个讀者讀來，惱起頭擺婆孫搞寮，一下間會有返老還童之感。

　　陳美燕這本詩集，單淨六十六首客語詩定定，毋過展現各種體裁，摎創作表現手法，為未來客語詩開拓新个詩路。

陳寧貴

自序

　　這本詩集《單單一蕊打碗花》，係倕2019年到2022年个詩作，分為輯一到輯五，客、華語對譯个有聲詩集，海陸腔客語个部分，刷QR code做得看著YouTube頂高个影音。

　　輯一「起一隻音」重點係社會議題相關，包含對母語个傳承、環境摎國家个關心以及奧運佳績个感動等等。輯二「無頭無尾」係摎女性相關，女性微細个心情、浪漫个情詩摎對阿姆个感念。輯三「石跳仔」係無限定主題个生活抒情詩，〈石跳仔〉這首詩得著2019年閩客語文學獎客語現代詩社會組第一名。輯四「單單一蕊打碗花」係花摎俳句个組合，前半以花為主題个創作，後半以俳句三行詩个形式呈現；〈單單一蕊打碗花〉這首詩由倕老弟陳鴻全改編為同名歌曲，得著2021年新竹縣客家新曲獎第二名，倕試著兩子妹合作个成果值得紀念，所以，也做為這本詩集个名仔。輯五「貓頭鳥」前半是為孫仔、孫女寫个童詩，後半係描寫摎佢兜相處个情形。

　　承蒙范文芳教授、羅烈師教授摎詩人陳寧貴先生，恁無閒當中還為這本詩集寫序文。除了以上三位先生，倕還愛感謝秀威出版社，客語詩係小眾裡背个小眾，摎倕出這本詩集，分寫作者毋使煩勞賣書个問題。

𠊎寫詩9年，算起來經歷還當淺，這第二本詩集也係行過个腳跡定定，希望自家再過行較遠兜，做得繼續寫落去。對於寫詩个技巧、方法都有進步个空間，今過還有當多愛學習摎加強个位所，請各位先進前輩多多指教。

陳美燕　2022年4月

目 次

輯二　無頭無尾

輯四　單單一蕊打碗花──花摎俳句

輯五　貓頭鳥──童詩撍孫

輯一　起一隻音

起一隻音

會唱歌个人
起一隻音
分大家踉等唱
歌聲正會和諧

曉講母語个人
乜愛起一隻音
分後輩人踉等講
母語正會傳承

起音

擅長歌唱的人
起一個音
讓大家跟著唱
歌聲才會和諧

通曉母語的人
也起一個音
讓晚輩跟著說
母語才能傳承

母語接線

妹仔大咧嫁人
像紙鷂仔趁風飛出去
孫仔出世
接等兩頭个線

阿婆渡孫
摎佢兜講母語
下二擺　母語
接等祖孫兩頭个線

母語連線

女兒長大結了婚
像紙鷂般隨風飛去
孫輩出生
接著兩端的線

外婆帶孫
跟他們說母語
往後　母語
連接祖孫兩端的線

𠊎个筆

從細
𠊎个筆專門寫華語
先生講𠊎俚係中國人
生成就愛恁樣

有一暫仔
𠊎个筆也寫英語
阿爸講該係世界通用
學較會兜正有前途

大學該下
𠊎个筆學寫日語
阿姆摎𠊎共下讀日本字
該有佢童年時个回憶

多歲咧
俓个筆倒轉來寫客話
天經地義無人做得限制
這係母親个話語

我的筆

從小
我的筆專寫華語
老師說我們是中國人
本該如此

有一段時間
我的筆也寫英語
父親說那是世界通用
學得精通前途光明

大學時期
我的筆學著寫日語
母親和我一起念日文字
那是她童年的回憶

有了歲數
我的筆回頭寫客語
天經地義沒人能夠限制
這是母親的話語

紅色个魍神仔

深山林肚

坑壩水脣

愛細義

精神係無伶俐

元氣係無飽足

魍神仔偷偷暔暔

牽人去

都市鬧區

大路廣場

愛注意

心肝係無堅定

頭腦係無清楚

魍神仔ㄔㄔㄉㄉ

牽人去

頭擺个魍神仔
無聲無氣
恬索索
無人詳細佢个樣貌

這下个魍神仔
嘴甜舌滑
鬧煎煎
弓開紅紅个闊嘴
迷魂人

紅色的魔神

深山林內
野溪水邊
要注意
精神若不振作
元氣若無飽足
魔神偷偷摸摸
牽走人

都市鬧區
大路廣場
要留神
內心若不堅定
頭腦若無清晰
魔神遊遊蕩蕩
牽走人

以往的魔神

無聲無息

靜悄悄地

沒人看清祂的樣貌

現今的魔神

嘴甜舌滑

鬧哄哄地

撐開紅紅的大嘴

迷惑人

函館夜景

追楓葉　緊北緊紅

浸溫泉　越北越鬆爽

人在北國享受

時不時愛孭

走轉南片个心揪轉來

孭函館平平出名

香港个立體夜景

佢吂識看過

毋知下二擺

還會像明珠共樣

光華華無

（寫於2019年10月）

函館夜景

追楓葉　越北越紅
泡溫泉　越北越舒爽
人在北國享受
不時要揪回
飄回南方的心

與函館齊名
香港的立體夜景
我未曾見識過
不知往後
是否依然像明珠一般
光芒耀眼

犁頭山頂个鷂婆

東海窟好所在
山靓水甜　禾青穀黃
老伙房人丁旺
樸實安樂客家莊

山頂有鷂婆
目扰扰仔　沖高飛低
在四圍捹去捹轉
積惡个利爪
隨時愛摵衰人

地泥下个人毋敢懈怠
相湊出聲阻擋
擲石牯對抗
追走一隻
又來一隻

一擺過一擺
鷯婆緊逼近
這下　乜還在
犁頭山个崗頂
掌等

犁頭山頂的老鷹

東海窟好所在
山美水甜　禾苗綠稻穀黃
老伙房人丁興旺
樸實安樂客家庄

山上有老鷹
眼神凶惡　飛高走低
在四周盤旋
邪惡的利爪
隨時要危害人

地上的人們不敢鬆懈
齊聲阻擋
擲石對抗
趕走一隻
又來一隻

一次又一次
老鷹不斷逼近
這時　依然在
犁頭山頂
伺機而動

紙鷂仔

慢慢放線
紙鷂仔順風飛上天
緊飛緊高
看著當闊當遠
心肝裝落千百里

該輕輕捵線个人
在地泥下越來越幼
像蟻仔共樣
伸一息息仔

紙鷂

慢慢放線
紙鷂順風飛上天
越飛越高
視野寬闊遼遠
胸懷千百里

那輕輕拉線的人
在地上越來越細微
像螞蟻一般
剩下一點點

番薯子

番薯阿姆畜大个

番薯子

生到砸身康健

大了無帶念

滋養个情份

挑挑看毋著蟲蜒蟲蛀

對自家內肚綿往出

番薯子

番薯母親撫育的
番薯子
生得身強體健
長大了不顧念
滋養的情份
故意無視害蟲叮咬
從自己的肚內開始腐爛

心个翼胛

心个翼胛自家自由飛
溜下大崎沖上崗頂
想超過昨晡日个高度
路途坎坎坷坷

心个翼胛逆風而上
堵著艱難阻擋
頭臥臥迎風向前
過程彎彎斡斡

心个翼胛跈風直直行
穿過坑壢越過平洋
想超過上擺个位所
追求長長遠遠

心个翼胛飛過烏暗
晟等星光
迎接朝晨个日頭

心的翅膀

心的翅膀單獨自由飛
滑下陡坡衝上山頂
想超越昨日的高度
路途坎坎坷坷

心的翅膀逆風而上
遇到艱難阻擋
抬起頭迎風向前
過程曲曲折折

心的翅膀順風直行
穿過山谷越過平原
想超出上回的位置
追求長長遠遠

心的翅膀飛過黑暗
沐浴著星光
迎接晨曦

壁縫肚个野草

壁縫肚个野草
開花正餳著人
一時喊毋出佢个名
紅花開出一蕊又一蕊

想起頭擺
劙[1]佢个莖
抽裡背个筋
做雞毛錢仔踢來踢去

也識滿哪尋該
四皮葉仔个幸運草

人講野生當賤
黏著一滴泥就遘歸遍
無打眼个生命
毋放過逐隻出頭个時機

---

[1] 劙：音liˇ；撕開。

牆縫中的野草

牆縫中的野草
開了花才吸引人
一時叫不出名字
紅花開了一朵又一朵

想起以前
撕開它的梗
抽出裡面的筋
作成毽子踢來踢去

也曾到處尋找
四片葉的幸運草

人說野生命賤
沾了點泥就到處蔓延
不起眼的生命
不肯放過每個出頭的時機

輯二　無頭無尾

無頭無尾

你會擎針無
𠊎會安鈕仔

你曉煮食無
𠊎老公煮較多

你識改園無
𠊎擎钁頭毋贏

你知三從四德無
𠊎毋多知

阿姆哀
人僑餔娘人四頭四尾[1]
你嗄無頭無尾

---

[1] 四頭四尾：客家人描述女性的品德應具
有針頭線尾、灶頭鑊尾、田頭園尾、家
頭教尾。

沒頭沒尾

你會裁縫嗎
我會縫釦子

你會煮飯嗎
大多我老公煮

你曾整園鋤地嗎
我舉不起鋤頭

你知道三從四德嗎
我不太清楚

我的媽呀
人家婦女四頭四尾
你倒是沒頭沒尾

大姊行嫁該日

故鄉該座山守顧恩俚到大
你行嫁該日山頂起濛煙
看毋著佢个樣貌
就像你同等羅帕
恩也看毋真你个面容

故鄉該條河壩滋養恩俚到大
你行嫁該日河壩當恬靜
聽毋著水个聲音
就像你坐在間肚
恩也聽毋著你嗷出聲

媒人㧦姊丈牽你上轎
阿爸無行出來
阿姆目汁濫泔
𠊎追幾步腳
企在長長个路頭
看等你个花轎
緊行　緊遠
緊行　緊遠

*這首詩由羅思容改編為歌曲〈你行嫁該日〉，在2021年最新个
專輯《今本日係馬》中發表。

大姊出嫁那天

故鄉那座山一直守護著我們
妳出嫁那天山上起霧
看不見他的樣貌
就像妳披著羅帕
我也看不清妳的面容

故鄉那條河一直滋養著我們
妳出嫁那天河流很安靜
聽不到水的聲音
就像妳坐在房裡
我也沒聽到你哭出聲來

媒人和姊夫扶妳上轎
父親沒走出來
母親淚眼婆娑
我追了幾步
停在長長的路的這頭
目送你的花轎
越走　　越遠
越走　　越遠

雙合水

你對山肚來
行過个路途
窩窩壢壢
聽著鳥唱蟲嗷
看著月光星宿
感受个朝晨暗晡
無刊定撩𠊎共樣

𠊎對深林出
行過个路途
彎彎幹幹
聽著風吹雨落
看著天色光景
感受个春夏秋冬
無刊定撩你相同

在適當个位所
堵頭交會
合做長流水
向頭前
緊向頭前進行

成時起波螺皺
成時恬靜平和
無論水鮮鮮抑水汶汶
放㧒岸唇个鬧熱繁華
行自家个路

雙合水

你從山裡來
走過的路
跌跌宕宕
聽著鳥叫蟲鳴
看著月光星宿
感受的早晨夜晚
與我不盡相同

我出自深林
走過的路
彎彎轉轉
聽著風吹雨落
看著天色光景
感受的春夏秋冬
與你不盡相同

在適當的位置
碰頭交會
合為長流水
向前頭
一直向前頭行進

有時起漩渦
有時恬靜平和
不論清澈或混濁
無視岸邊的熱鬧繁華
走自己的路

風城記憶

天橋下溜溜來个秋風
吹毋忕
白衫烏裙个記憶

佢滿面紅霞　走入學校
你著卡基服
戴變形个大盤帽
騎高揚頭个自行車
在學校四圍　挨去挨轉
像一陣風

東城門　城隍廟　火車頭
挑挑用書包帶遮等學號
兩儕像做賊樣
恬恬行在濛濛个路燈下
該日無風

三年个青春年少
跈風飛散　無留一息影跡
經過考驗
各僑去到生份个城市
摎風
留分故鄉撗袖

風城記憶

天橋下陣陣秋風
吹不盡
白上衣黑褶裙的記憶

我滿臉通紅　奔入校園
你身穿卡基服
頭戴變形大盤帽
騎著高把自行車
在學校四周　繞來繞去
像一陣風

東門城　城隍廟　火車站
刻意用書包帶遮住學號
兩人賊似的
悄悄走在朦朧的路燈下
那日無風

三年的青春年少

任風飛散　不留一絲痕跡

經過考驗

各自前往陌生的城市

讓風

留在故鄉揮袖

無經過你同意

無經過你同意
偷偷愛著你
你知　有人知
斯偃自家母知

無經過你同意
撍你寫入詩
你母知　無人知
斯偃自家知

不經過你同意

不經過你同意
偷偷愛著你
你知道　有人知道
只有我自己不知道

不經過你同意
將你寫入詩
你不知道　沒人知道
只有我自己知道

超過

係講𠊎睡超過
定著係在
有你个夢中停砣

係講𠊎啉超過
定著因為
摎你共下歡喜和接

係講𠊎行超過
毋係毋記得來時路
單淨毋想倒轉
無你个國度

過了頭

如果我睡過了頭
必定是在
有你的夢中逗留

如果我喝過了頭
必定因為
與你快樂聚首

如果我走過了頭
並非忘記來時路
而是不願回到
沒有你的國度

打宕窿

你在東部出世
偓在西片落泥
你來偓个城市做事
偓去你个故鄉讀書
你來个時節
偓堵堵去
你回鄉該下
偓堵堵走

如今
你在天頂
偓在人間
等偓上天該時
你該當
既經轉世

錯開

你在東部出生
我在西部落地
你來我的城市工作
我去你的故鄉讀書
你到來之時
我剛剛前往
你回鄉之時
我剛剛離開

而今
你在天上
我在人間
等我歸去那時
你應當
已經轉世

撞走

春霧迷濛
濛煙之間
詩句撞走

夢境延纏
纏綿之間
心肝撞走

迷失

春霧迷濛
朦朧之際
詩句迷失

夢境繾綣
纏綿之際
心性迷失

講細話仔

蝶仔摎花講細話仔
春風捩去捩轉
想愛偷聽

濛煙摎山講細話仔
雨水點點涿涿
想愛偷聽

雲摎月光講細話仔
星仔一矆一矆
想愛偷聽

水毛仔摎日頭講細話仔
虹遽遽走出來
想愛偷聽

倕乜當想
摎你講細話仔
毋分別儕偷聽

説悄悄話

蝴蝶跟花蕊說悄悄話
春風飄來飄去
想偷聽

薄霧跟山巒說悄悄話
水珠點點滴滴
想偷聽

雲朵跟月亮說悄悄話
星星閃閃爍爍
想偷聽

細雨跟太陽說悄悄話
彩虹趕緊現身
想偷聽

我也很想
跟你說悄悄話
不讓別人偷聽

粄嫲

煠透个粄嫲
放入鬆鬆个粄脆肚
共下仝做歸團
做出粄个原形

阿姆係粄嫲
在滾水裡背燙熟
挷浪浪散个粄脆
黏摰

粄母

煮透的粄母
放入鬆鬆的粄脆中
搓揉成團
做出粄食的原形

母親是粄母
在沸水中燙熟
把散開的粄脆
黏緊

阿姆做事个位所

開春二月
竹圍下个田頭伯公
還目陰目陽
核秧仔踏過个田塍路
係阿姆做事个位所

穀雨前後
山脣个日頭絲
還吂晟過來
揹等箕公¹摘茶个半山排
係阿姆做事个位所

避暑七月
深山林肚个濛煙
還吂散開來
灶頭鑊尾無閒个工寮
係阿姆做事个位所

---

¹　箕（lui+）公：採茶時裝茶葉的竹簍。

凍霜凍雪
大路脣个燈火
還昏昏暗暗
摎人代夜班个紡織廠
係阿姆做事个位所

一生人堅耐个阿姆
緊話著
這下逐日去个日照中心
係佢　做事个位所

母親工作的地方

開春二月
竹圍下的田前土地公
還睡眼惺忪
挑著秧苗踩過的田間小徑
是母親工作的地方

穀雨前後
山邊的晨曦
還沒照射過來
背著茶簍採茶的半山腰
是母親工作的地方

大暑七月
深山林中的晨霧
還沒散開
灶頭鍋尾忙碌的工寮
是母親工作的地方

天寒地凍
路旁的燈火
還昏昏暗暗
替人代夜班的紡織廠
是母親工作的地方

一輩子堅韌的母親
總以為
現在每天去的日照中心
是她　工作的地方

偷走

還細該下有暫仔
阿姆在外莊做事
當久正轉來一擺
佢愛倒轉去个頭暗晡
𠊎忍等毋去睡目
驚怕一下睡醒
阿姆就毋見忒咧

見擺佢追𠊎，好去睡目
𠊎講，無愛！你會偷走

阿姆著病了後
頭腦个網路線無接正
講話成時顛顛倒倒
成時有頭無尾
去摎佢做伴打嘴鼓
長透等佢睡當晝入覺
𠊎正轉屋

今晡日湊佫，來去睏當晝
阿姆講，無愛！你會偷走

偷溜

小時候有一段時間
母親在外縣市工作
好久才回家一次
她返回工作地點的前一晚
我忍耐著不去睡覺
害怕一覺醒來
母親就不見了

每次她催促我，去睡覺
我說，不要！你會偷溜

母親罹病之後
頭腦的網路沒接好
說話時而顛顛倒倒
時而有頭沒尾
去跟她做伴話家常
經常等她午覺入睡
我才回家

今天哄她，去睡午覺
母親說，不要！你會偷溜

阿姆个目神

阿姆个目神
總係睞上睞下
就算倕喊佢千遍萬遍
也毋肯在倕面前頓恬
倕笑　佢毋跈等笑
倕怨　佢乜毋插倕

阿姆个目神
總係犁犁無光
就算倕表情變化
也毋願看倕一下
倕歡喜　佢毋知
倕悲傷　佢乜無相干

毋過　阿姆个目神
總有湳湳个慈愛
成下閃啊過
短短个明亮
該熟事个目神
本本摎往擺共樣

母親的眼神

母親的眼神
總是飄忽不定
即便我千呼萬喚
也不肯在我身上聚焦
我笑　她不跟著笑
我怨　她不予理會

母親的眼神
總是渙散無光
縱使我表情多變
也不願瞧我一會
我喜　她無從得知
我悲　她無法體會

然而　母親的眼神
卻是充滿慈愛
當偶爾飄來
瞬間的明亮
那熟悉的目光
如同往日一般

輯三　石跳仔

石跳仔

山坑面个石跳仔

一隻連一隻

像阿公阿婆彎彎个背囊

痀在水竇

老人家無講出嘴个痛惜

在這向輒輒吩咐

定定仔

細義行

堅耐个石牯

分俚細步細步徙到

平安个對向

水圳面个石跳仔

一隻連一隻

像爺娘打開燒暖个胸脯

坐在水竇

子女無注意个毋盼得

在這向恬恬期待

腳步正

莫停跎

定疊个基石

分㑎一步一步蹀到

順序个對向

河壩面个石跳仔

一隻連一隻

像先生弓等砸磘个肩頭

跍在水竇

學生體會毋著个心力

在這向再三叮嚀

心肝在

向前行

穩當个磐石

分倨大步大步行到

理想个對向

無生溜苔个石跳仔

分偲俚踩核核

安全通過逐條

人生無共樣个坑壩

無求回報个石跳仔

也歡喜偓俚

再過踏轉

出發个對向

*這首詩得著108年閩客語文學獎客家語現代詩社會組第一名。

石跳

溪流上面的石跳

一個接一個

像祖父母駝駝的背脊

彎在水中

老人家沒說出口的疼惜

在這頭不停吩咐

慢慢地

小心走

強韌的石頭

讓我小步小步移到

平安的對岸

水圳上面的石跳

一個接一個

像父母張開溫暖的胸脯

坐在水中

子女沒注意的不捨

在這頭靜靜期待

腳步正

莫蹉跎

堅定的基石

讓我一步一步走到

順利的對岸

大河上面的石跳
一個接一個
像老師撐著的強壯肩膀
蹲在水中
學生無法體會的心力
在這頭再三叮嚀
心安定
向前行
穩固的磐石
讓我大步大步跨到
理想的對岸

不長青苔的石跳
讓我們踩穩
安全通過每條
人生不同的河流

不求回報的石跳
也歡喜我們
再踏回
出發的對岸

跈阿公去看戲

阿公兜等矮凳仔
渡倕去隔壁莊看大戲
阿公講
做毋得儘採走喔
做毋得啄目睡喔

跈阿公去看戲
戲棚頂　移山倒海樊梨花
戲棚下　酸酸甜甜紅仙楂
阿公緊看戲棚頂
孫女緊望戲棚下

跈阿公去看戲
程咬金做媒人　薛丁山
三步一跪五步一拜
當生趣　倕緊想
仙楂仔个味緒

阿公㧡等矮凳仔
揹𠊎轉屋下
下二擺　毋分你來
糖仔食忒又愛啄目睡

跟祖父去看戲

祖父端著小凳子
帶我去隔壁村看野台戲
祖父說
不要隨便走開喔
不要打瞌睡喔

跟祖父去看戲
戲台上　移山倒海樊梨花
戲台下　酸酸甜甜糖葫蘆
祖父緊盯戲台上
孫女直望戲台下

跟祖父去看戲
程咬金當媒人　薛丁山
三步一跪五步一拜
很有趣　我想著
糖葫蘆的滋味

祖父拎了小凳子
背著我回家
下一次　不讓你來
糖果吃完又要打瞌睡

菜瓜當出个時節

菜瓜當出个時節

佢想著阿姆

佢逐年種

有成擺種在灶下窗門背

一頭煮飯

一頭看菜瓜緊來緊大

菜瓜當出个時節

佢想著阿公

長透捒手搭瓜棚

菜瓜打到攬攬吊吊

佢挷等兩籃

佢跈等

去市場割分菜販仔

菜瓜當出个時節
𠊎想著老弟
該量時佢讀小學
頭餐食著當歡喜
第二餐就怨嘆：
「逐餐菜瓜个日仔來咧」

絲瓜當季之時

絲瓜當季之時
我想到母親
她每年都種
有一回種在廚房窗戶外
一邊煮飯
一邊看絲瓜越長越大

絲瓜當季之時
我想到祖父
經常幫忙搭瓜棚
絲瓜結實纍纍
他挑了兩籃
我當跟班
去市場賣給菜販

絲瓜當季之時
我想到老弟
當年他念小學
吃了第一餐很歡喜
第二餐就抱怨：
「每餐絲瓜的日子來了」

寸菜

還細該下
摎阿婆捒手擇長豆
一節一節拗斷
阿婆嫌長短無勻
阿公講愛拗一寸一寸
安到寸菜
堵好入嘴个長度

擇菜个分寸
後生時無詳細感受
做了人个阿婆
長透思想起
自家个阿公阿婆

寸菜

年幼時
幫忙祖母挑長豆
一節一節折斷
祖母嫌長短不均
祖父說要挑成一寸一寸
叫作寸菜
恰好入口的長度

挑菜的分寸
年輕時鮮少體會
升格成了祖母
屢次思想起
自己的祖父母

阿婆褲頭个錢

阿婆个褲頭
攣一隻當砸个內袋
裡背有櫃頭个鎖匙
摻阿公交分佢个錢
見擺行路
叮叮鈴鈴緊響

阿婆褲頭个錢
打二十四隻結
俹食飯無愛傍瓜脯
任對就對毋著
隔壁雜貨店个李鹹

阿婆褲頭个錢
愛分阿公食藥仔
愛割豬肉敬伯公
愛納電火料
麼儕就拿佢个錢毋著

阿婆个錢無儲銀行

佢過身个時節

褲頭緝等當多

大家分佢个私伽

通棚變子孫个

手尾錢

祖母褲頭的錢

祖母的褲頭
縫一個堅實的內袋
裡面有櫃子鑰匙
和祖父交給她的錢
每每走路時
叮叮噹噹作響

祖母褲頭的錢
打了二十四個結
我吃飯不愛配醃瓜
無論如何糾纏　她都不買
隔壁雜貨店的蜜餞

祖母褲頭的錢
要給祖父吃藥
要買豬肉拜土地公
要繳電費
誰都拿不到她的錢

祖母的錢不存銀行
她過世時
褲頭綁緊許多
大家孝敬她的私房錢
全數變成子孫的
手尾錢

毋見忕咧

在眠床睡等
目金金滿哪看
瘦弱个臕身無氣力
頭擺砸磳个世大人
毋見忕咧

在廳下坐等
透日啄目睡
喊毋會應講毋會笑
頭擺精靈个世大人
毋見忕咧

𠊎照顧較多　你照顧較少
你出較少錢　𠊎出較多錢
平時和接个兄弟姐妹
毋見忕咧

轉去看个時間
緊來緊少　越來越短
久病床前有孝个子女
毋見忕咧

不見了

躺在床上
睜開眼睛四處望
瘦弱的身體無氣力
以往健康的長輩
不見了

坐在客廳
整天打瞌睡
喊也不應說也不笑
從前靈動的長輩
不見了

我照顧得多　你照顧得少
你出的錢較少　我出的錢較多
平時和氣的兄弟姐妹
不見了

回去探望的時間
越來越少　一次比一次短
久病床前孝順的子女
不見了

秋个組曲

天時漸漸轉涼
秋天摎佢个溫柔
停在台灣欒樹个樹椏頂
一色藍天係畫布　映照
單純个青摎單純个黃
這係忍耐一季翕熱个想望

水脣个沙蔗仔
在秋風裡肚白了頭
山排个楓樹
在寒露降時紅了面

天頂个月光
在山摎水之間徙步
蟲聲唧唧
喊醒崗頂个娘花

該下　秋
斯深唎

秋之組曲

天氣漸漸轉涼
秋天把她的溫柔
停在台灣欒樹的枝葉上
一色藍天是畫布　映照
單純的綠與單純的黃
這是忍耐一季暑熱的想望

水邊的甜根子
在秋風裡銀了髮
山上的楓樹
在寒露中紅了臉

天際的月光
在山與水之間游移
當蟲聲唧唧
喚醒岡頂的芒花

那時　秋
就深了

星夜

天頂个烏布篷牽起來
歸日紅羅花赤个英雄好漢
這下也悿咧
在後棚橫等牽覺

歸身綾羅綢緞个千金小姐
對左手片　細步細步上棚
頭那頂个金步搖　晃來晃去
旁脣恁多家童梅香做伴
毋會孤栖

係麼儕無細義
㧡手項个掃把跌落忕
戲棚下个人
暢靂靂仔相湊講
星仔瀉屎　星仔瀉屎

星夜

天空拉起了黑色布幕
鎮日紅光滿面的英雄好漢
這下也累了
倒在後台打呼

穿著綾羅綢緞的千金小姐
由左側　踩著碎步上台
髮髻上的金步搖　晃來晃去
周圍有許多僕人丫鬟做伴
不會孤單

是哪個一不留神
將手中的掃把掉落
台下看戲的人
喜孜孜地互相通報
有流星　有流星

詩酒

詩人美妙个句語

係酒焗个

頭下碼唦著　略略仔醉

再過唦加兜　大醉

𠊎食了幾杯

也想試學看

仰般焗酒

詩酒

詩人美妙的詞句
是酒釀的
一飲　微醺
再飲　酩酊
我喝了幾杯
也想學學
如何釀酒

無詩

　　心肝無詩無生趣
　　有茶有酒有咖啡
　　人生樣樣快樂
　　仰會無半句

　　心肝無詩盡孤栖
　　有山有水有花草
　　人間處處風景
　　定著有詩意

無詩

心中無詩無生趣
有茶有酒有咖啡
人生樣樣快樂
怎能不成句

心中無詩頗孤寂
有山有水有花草
人間處處風景
一定有詩意

囥人尋

好吂　𠊎算到十
老弟毋知囥哪去
尋著个時節
佢在米缸肚睡忒

好吂　𠊎算到十
同學囥在教室背个草寶
上課鈴仔響咧
佢自家正弄轉來

好吂　𠊎算到十
妹仔蓋等大被骨
裡背暗摸脣疏
佢兜笑到咭咭滾

好言　偓算到十
孫仔囡在窗門布後背
頭那鑽落去
屎朏走出出

捉迷藏

好了沒　我數到十
老弟不知躲哪去
找到的時候
他在米缸裡睡著

好了沒　我數到十
同學藏在教室背後的草叢
上課鐘響完
他才自己竄了回來

好了沒　我數到十
女兒們蓋著大棉被
裡面黑漆漆
她們咯咯地笑著

好了沒　我數到十
孫兒躲在窗簾後
頭鑽了進去
屁股在外頭

踢銅笐

細細時節个事情
裝在銅笐肚
分時間一腳踢到遠遠
等偃拈倒轉來
大家毋知园哪去

踢鐵罐

童年往事
裝在鐵罐裡
讓時間一腳踢飛老遠
等我撿了回來
大家不知躲哪去

河壩水思想起

春天个河壩

一群蝌蚪仔　泅上泅下

熱天个河壩

水色淨俐　看得著泥沙

秋天个河壩

沙蔗仔歸遍　盡像娘花

冷天个河壩

喊出外个遊子　轉屋下

河壩水清清

蝦公毛蟹看真真

河壩水汶汶

看毋著魚仔歸群

河壩水直直

釣無半尾好食

河壩水彎彎

遶過層疊个山

朝晨个河壩
阿姆改園　淋菜種瓜
下晝个河壩
細人仔搞水　分人捉來打

河壩水清清
想起心愛个人
河壩水涼涼
倒轉來思念个故鄉

*這首詩改編做同名歌曲，老弟陳鴻全作曲、演唱。

河水思想起

春天的河流

一群蝌蚪　游來游去

夏天的河流

水色乾淨　看得到泥沙

秋天的河流

甜根子整遍　就像芒花

冬天的河流

呼喚出外的遊子　回家

河水清澈

看得見蝦蟹

河水混濁

看不到魚群

河水筆直

釣不到魚蝦

河水彎彎

繞過層疊的山

清晨的河流
母親整園　澆菜種瓜
下午的河流
小孩玩水　被家長處罰

河水清清
想起心愛的人
河水涼涼
回到思念的故鄉

輯四
單單一蕊打碗花
花摎俳句

單單一蕊打碗花

單單一蕊打碗花
開在桃樹下
桃花早早就落盡
旁脣無麼僑

單單一蕊打碗花
形仔像喇叭
透日無聲也無息
敢係欠嘴碼

單單一蕊打碗花
淨俐毋撮假
有兜孤栖又冷落
無人好講話

單單一蕊打碗花

種在人屋下

佢想愛倒轉去

當多朋友个山林

*這首詩改編為同名歌曲，由陳鴻全作曲、演唱，得著2021年新
竹縣客家新曲獎第二名，同時得著「最佳作詞獎」。

單獨一朵百合花

單獨一朵百合花
開在桃樹下
桃花早早就落盡
旁邊無他人

單獨一朵百合花
形狀像喇叭
鎮日無聲也無息
是否口才不佳

單獨一朵百合花
純淨不作假
有點孤寂又冷清
沒人可說話

單獨一朵百合花
種在別人家
她想回去
許多朋友的山林

心肝肚个紅花

心肝肚有一蕊紅花
敢怕時節个關係
成時開當靚
跈春風搖來搖去
成時毋開花
分冬下个日頭
晟到畏羞畏羞

毋識摎人講起
這蕊园等秘密个紅花

心底的紅花

心底有一朵紅花
莫非季節的緣故
有時候盛開
隨著春風搖曳
有時候不開花
讓冬陽
照得羞答答

不曾與人提起
這朵藏著秘密的紅花

曇花

白色个曇花
在初夏个暗夜
佢个夢中開花
可比思念你
毋敢延纏
遽遽開
遽遽謝

曇花

白色的曇花
在初夏夜晚
我的夢中開花
恰如思念你
不敢纏綿
趕緊綻放
趕緊凋謝

苦楝花

山坑脣苦楝開花
細細蕊溫柔个茄色
像細妹人幼秀个心事

花蕊隨風四散
山坑毋識花香
由在佢浮浮右右

苦楝花

山溪旁苦楝開花
小小朵溫柔的淡紫色
像女孩細膩的心事

花朵隨風飄散
山溪不識花香
任由沉浮

枸薑花

蓬白个花蕊裡背
有細細時節个日仔

臨暗个日頭絲
晟等水脣个枸薑
阿姆會拗幾枝轉夜
屋肚淡淡个空氣
就有花香

淨俐个花蕊
係一心不變个純情
對根莖到花葉
守顧自家歸身个清香

野薑花

雪白的花朵中
有年幼時的日子

夕陽映照
水邊野薑
母親會摘幾枝回家
屋裡淡淡的空氣
有了花香

潔淨的花朵
是一心不變的純情
從根莖到花葉
守護自己全身的清香

蓮蕉花

阿姆菜園肚个蓮蕉
還細个時節
取烏烏硬硬个米做四子
搞「頭放雞二放鴨……」

結婚該日
啾紅个蓮蕉花
係阿姆个祝福
跈偓嫁到家娘个菜園

連續降妹仔
家娘嫌昶多紅花
喊偓去宮廟換白花

美人蕉

母親菜園裡的美人蕉
小時候
摘取黑黑硬硬的籽做沙包
玩「頭放雞二放鴨……」

結婚那天
艷紅的美人蕉
是母親的祝福
隨我嫁到婆婆的菜園

連續生女兒
婆婆嫌太多紅花
要我去宮廟換白花

老阿婆个香花

十字路口个紅青燈
也係老阿婆个信號
紅燈車頓恬　佢行
把握短短幾分鐘
撲等手項个花香

愛開窗門抑毋開
就像拿廣告單
共樣係困難个決定

老婆婆的玉蘭花

十字路口的紅綠燈
也是老婆婆的信號
紅燈車停　她啟動
把握短短幾分鐘
揮舞手中的花香

開窗或不開
就像拿廣告單
同樣是困難的決定

風雨蘭

（客俳5-7-5）

無花像韭菜
蝓螺咬貼再過開
毋驚風雨來

風雨蘭

無花似韭菜
蝸牛咬盡再重開
不畏風雨來

日落西山背

（客俳5-7-5）

日落西山背
等晝等暗人毋來
半夜黃狗吠

日落西山背

日落西山背
早等晚等人不來
半夜黃狗吠

無記才

（客俳5-7-5）

多歲無奈何
市場堵著麼个嫂
硬硬想毋著

記憶力差

多歲無奈何
市場遇到什麼嫂
硬是想不到

喫粄粽

（客俳5-7-5）

老公笑毋壁
料香皮軟味當合
粄皮黏粽葉

啃粄粽

老公笑笨拙
料香皮軟味道合
粄皮黏粽葉

月夜

（客俳5-7-7）

汶汶个月光
蟲蜗牽聲放勢唱
水蛇泅過田中央

月夜

混濁的月光
蟲蛙拉嗓盡情唱
水蛇游過田中央

客家三月天

（客俳5-7-7）

客家三月天
香絲開花毋相思
苦楝開花無苦戀

客家三月天

客家三月天
香絲開花不相思
苦楝開花無苦戀

感傷五月時

（客俳5-7-7）

感傷五月時
慈愛面容本本在
阿姆笑問哪位來

感傷五月時

感傷五月時
慈愛面容依舊在
母親笑問哪裡來

輯五　貓頭鷹
童詩摎孫

貓頭鳥

貓頭鳥　無食朝
企樹頂　肚屎枵
日時頭　目絲絲
暗晡頭　滿哪去

貓頭鷹

貓頭鷹沒吃早餐
站在樹上肚子餓
白天眼瞇瞇
晚上到處去

細龜仔

細龜仔　慢慢爬
爬到外背尋麼儕
媽媽喊佢轉屋下
佢講愛去摘蕊花

小烏龜

小烏龜　慢慢爬
爬到外面找誰去
媽媽叫他快回家
他說要去摘朵花

花貓公

花貓公當威風
搵等膨凳　毋停動
你个面仰會
一搭烏一搭紅
齮齴馬加
歸身毛弄弄

大花貓

大花貓很威風
窩在沙發　一動也不動
你的臉怎麼
一塊黑一塊紅
鬍鬚雜亂
整身毛茸茸

細兔仔

細兔仔　當好笑
嚼牧草　食飼料
食飽睡　睡飽嗶嗶跳
撞著頭那　牙牙嗷

小兔子

小兔子　真好笑
嚼牧草　吃飼料
吃飽睡　睡飽蹦蹦跳
撞了頭　哇哇叫

缺牙耙

跌忒兩枝當門牙
大家喊佢缺牙耙
講話會漏風
包黍咬毋殷
甘蔗喫毋下

缺牙耙　　耙豬屎
耙無兩斗米
別儕笑佢無牙齒
阿姆講毋怕毋怕
黏時就會生轉去

缺牙耙

掉了兩顆大門牙
大家喊我缺牙耙
說話會漏氣
玉米咬不動
甘蔗啃不下

缺牙耙　耙豬屎
耙沒兩斗米
別人笑我沒牙齒
媽媽說不怕不怕
馬上就會長回來

阿昌牯

　　阿昌牯綻剃頭
　　毋讀書滿山走
　　撩細妹仔一等猴
　　隔壁鄰舍緊來投

　　阿昌牯牙哂哂
　　在學校無規矩
　　放學走到尾瀉屎
　　先生無恁大神氣

　　阿昌牯搞頭王
　　毋寫字滿哪逛
　　先生到來遽遽囥
　　阿姆鬧到會發狂

阿昌牯啄目睡

考試麼个斯毋會

阿姆講

這擺再過毋知愛

竹筷仔

自家取一把轉來

阿昌仔

阿昌仔搗蛋鬼
不讀書滿山逛
欺負女生最在行
隔壁鄰居來告狀

阿昌仔笑嘻嘻
在學校沒規矩
放學跑得不見影
老師沒這麼大氣力

阿昌仔孩子王
不寫字到處晃
老師來了快躲藏
媽媽氣得要發狂

阿昌仔打瞌睡
考試什麼都不會
媽媽說
這次再不知自愛
細竹枝
自己取一把回來

九降風

九降風咻咻滾
𠊎毋敢行出門
驚佢擎等大電扇
摎𠊎吹到激激顫

九降風咻咻滾
東片吹柿餅
西片吹米粉
𠊎分佢
吹到頭昏昏

九降風

九降風咻咻叫
我不敢走出門
怕他舉著大風扇
把我吹得直打顫

九降風咻咻叫
東邊吹柿餅
西邊吹米粉
我被他
吹得頭昏昏

瓦斯爐

毋使人打落　一撳斯點著
毋驚人講壞　點著斯火當大
炙水拋拋滾　豬腳慢慢燉
滾水煮燥燥　黏時斯臭火燒
豬腳煱歸缽　一下乇臭火爛

瓦斯爐

不必人數落　一按就點著
不怕人批評　點著火就旺
煮水直沸騰　豬腳慢慢燉
滾水煮乾乾　馬上就燒焦
豬腳燉整鍋　一會也燒焦

冬至・冬節

冬至係節氣
日頭盡懶尸
朝晨晝晝眈
轉夜無人知

冬至係冬節
粄圓白雪雪
加入紅黃青
歸下變彩色

冬至‧冬節

冬至是節氣
太陽很偷懶
早晨晚晚起
收工無人知

冬至是冬節
湯圓白雪雪
摻入紅黃綠
整個變彩色

豬砧个阿伯

豬砧个阿伯肉赤赤
胭心一斤正賣一百
你一料佢也一料
生理恁好　笑到嘴擘擘

豬砧个阿伯鬚白白
豆腐伯姆戴隔壁
買了豬肉買豆腐
生理恁好　大家會相惜

豬砧个阿伯當好合
佢个倈仔盡壞癖
透日趴趴走
曬到烏滴逐

豬砧个阿伯真好額
佢个餔娘戴中壢
轉外家駛賓士
高速公路飆車　飆當遽

豬肉舖的老闆

豬肉舖的老闆皮膚黑
胛心肉一斤才賣一百
你一塊他也一塊
生意真好　笑得嘴開開

豬肉舖的老闆鬍鬚白
豆腐伯母住隔壁
買了豬肉買豆腐
生意真好　大家會疼惜

豬肉舖的老闆好相處
他的兒子脾氣壞
整天趴趴走
曬得黑巴巴

豬肉舖的老闆很有錢
他的老婆住中壢
回娘家開賓士
高速公路飆車　飆得飛快

今晡日个天時

今晡日　天公
開容笑面
阿公當歡喜
講愛出門樂線

今晡日　天公
愛嗷面　愛嗷面
阿婆講愛嗷斯嗷
下晝毋使淋菜

今晡日　天公
成下嗷　成下笑
倕無帶水衣
放學个時節
拜託您忍等　毋好嗷

今天的天氣

今天　天公
笑咪咪的
阿公很高興
說要出去找樂子

今天　天公
要哭要哭的
阿婆說想哭就哭
下午不必澆菜

今天　天公
一會哭　一會笑
我沒帶雨衣
放學的時候
拜託您忍著　別哭

孫女三個半月

孫女三個半月
阿公揹著　打尢咕緊笑
阿婆揹著　嘴扁扁緊嗷
仰會恁樣呢
阿婆又無偷捏你

孫女三個半月

孫女三個半月

阿公抱著　咿咿呀呀直笑

阿婆抱著　噘嘴哭鬧

怎麼會這樣呢

阿婆又沒偷偷捏你

春天个公園

渡孫女去公園行祭
日頭燒暖
風微微

你有看著紅花無
你有聽著鳥聲無
你看　黃狗在該啄目睡
你聽　貓仔在該冤家

孫女無聽偓講
走去追白蝶仔
偓坐等恬恬欣賞
這春天个光景

春天的公園

帶孫女去公園遊玩
太陽溫暖
風微微

你看到紅花了嗎
你聽到鳥叫了嗎
你看　黃狗在打瞌睡
你聽　貓咪在吵架

孫女沒聽我說
逕自去追白蝴蝶
我坐著靜靜欣賞
這春天的風景

揇等你个時節

揇等你个時節
心肝盡歡喜
幾日無看著
斯想愛像這下恁樣
歸下揇核核

揇等你个時節
心肝盡滿足
成時你面頰卵紅紅
仆等倕个肩頭
倕輕手輕腳
毋敢吵醒你

摘等你个時節
你兩枝手纏等𠊎个頸根
兩枝腳出力夾等
像一隻細無尾熊
緊喊𠊎
阿婆　阿婆

抱著你的時候

抱著你的時候
心裡好歡喜
幾日不見
就想跟現在一樣
整個抱緊

抱著你的時候
心裡很滿足
有時候你滿臉通紅
趴在我的肩膀
我放輕手腳
不敢吵醒你

抱著你的時候
你雙手環繞我的脖子
雙腳用力夾緊
像一隻小無尾熊
一直叫我
阿婆　阿婆

惜惜阿婆

教孫仔惜惜阿婆
牽佢个手
挲偓个面
惜～惜
教三四擺

過兩日　問佢
仰般惜惜阿婆
佢手擎起來
將偓个面枎落去

惜惜阿婆

教孫兒惜惜阿婆
牽他的手
撫摸我的臉
惜～惜
教三四遍

過兩天　問他
怎樣惜惜阿婆
他舉起小手
賞了我一巴掌

孫仔無來

風　　恬恬
窗門　恬恬
阿公　恬恬
阿婆　恬恬
孫仔無來个時節
麼个都　恬～恬恬

孫兒沒來

風　　靜悄悄
窗門　靜悄悄
阿公　靜悄悄
阿婆　靜悄悄
孫兒沒來的時候
一切都　靜～悄悄

讀詩人156　PG2769

 單單一蕊打碗花

作　　者	陳美燕
責任編輯	孟人玉
圖文排版	陳彥妏
封面設計	蔡瑋筠

出版策劃	釀出版
製作發行	秀威資訊科技股份有限公司
	114 台北市內湖區瑞光路76巷65號1樓
	電話：+886-2-2796-3638　傳真：+886-2-2796-1377
	服務信箱：service@showwe.com.tw
	http://www.showwe.com.tw
郵政劃撥	19563868　戶名：秀威資訊科技股份有限公司
展售門市	國家書店【松江門市】
	104 台北市中山區松江路209號1樓
	電話：+886-2-2518-0207　傳真：+886-2-2518-0778
網路訂購	秀威網路書店：https://store.showwe.tw
	國家網路書店：https://www.govbooks.com.tw
法律顧問	毛國樑　律師
總 經 銷	聯合發行股份有限公司
	231新北市新店區寶橋路235巷6弄6號4F
	電話：+886-2-2917-8022　傳真：+886-2-2915-6275

出版日期	2022年7月　BOD一版
定　　價	300元

讀者回函卡

國家圖書館出版品預行編目

單單一蕊打碗花/陳美燕作. -- 一版. -- 臺北市：
　釀出版, 2022.07
　　面；公分. -- (讀詩人；156)
　BOD版
　ISBN 978-986-445-669-7(平裝)

863.751　　　　　　　　　　111007260